活寶

烏龍院 精彩大長篇

22

最終回前篇

漫畫 敖幼祥

人物介紹

烏龍院師徒

長眉大師父

面惡心善的大師父，不但武功蓋世、內力深厚，而且兩道長眉毛的直覺奇準無比。

大師兄阿亮

體力和武功同樣過人的大師兄，最喜歡美女。雖然貌似愚魯憨傻，緊急時刻卻特別靈光。

烏龍小師弟

鬼靈精怪的小師弟，可愛的長相很受女孩子喜歡。因曾被活寶附身，對活寶有特殊感應。

大頭二師父

菩薩臉孔、慈悲心腸的大頭胖師父，平常總是笑口常開，遇事卻又足智多謀。

貓奴

曾為青林溫泉龐貴人的傳令，身手靈活、武功高強，一心想為被活寶「左」殺害的龐貴人報仇，因此找上了被「左」附身的沙克‧陽，卻不小心愛上他，之後又因緣際會被活寶「右」附身。

沙克‧季

煉丹師沙克家族總管，藥王府的藥物專家，精通各種藥物以及解毒方式。貌似潘安的美男子外貌，讓旭公主一見傾心，頻頻大方表露愛慕之意。

沙克‧陽

煉丹師沙克家族唯一的繼承人，因強大的野心與企圖，心甘情願讓活寶「左」附身，因而意志為活寶「左」所控制，並打算和附身於貓奴身上的活寶「右」一起返回斷雲山。

竄者小五

曾進入秦王陵墓的三十二位盜墓者中唯一倖存者。自告奮勇和阿亮、鐵盲公一起出發尋找宇宙鋒，他們一行人究竟是否能圓滿達成任務？

鐵釘

鐵堡第二十五代高材生，雖然頭上沒幾根毛，嘴裡也沒幾顆牙，但腦袋瓜聰明過人。年紀雖小卻勇氣過人，為了搶救失火現場的鐵金剛而身受重傷。

鐵柱隊長

鐵堡的工頭大隊長，身材壯碩，力大無窮，刻苦耐勞，擁有製作精良機械工具的技術。

鐵盲公

鐵堡的智慧長者，在剿兔戰役中被抓瞎了雙眼，修練出用聽覺、嗅覺就能分辨鋼材質量的獨門絕活，是鐵堡裡最頂尖的「鑄作」。

鐵蓮堡主

才貌雙全的鐵堡城主，積極與眾家好漢同一陣線對抗魔頭，卻和旭公主不對盤，兩個女人之間妳來我往、唇槍舌戰、互不相讓。

沙克・壹

秦王御用的沙克家族第一代煉丹師，負責將活寶提煉為長生不老丹藥，卻因龐貴人破壞了封印，放走了活寶，而被下令處死。身首異處的沙克・壹卻在死亡多年後，因活寶原力而再度復活。

馬臉

脫胎換骨整型成擁有龐貴人美貌的馬臉，卻不改狡猾天性，隨著新主人沙克・壹展開一連串的復仇殺戮。美人的外貌，蛇蠍的心腸，她究竟還會做出多少惡事？

戰鬥秦俑

沙克・壹邪惡帝國的祕密武器，身高五公尺，重達兩噸，戰鬥力高，唯一弱點在雙腿膝蓋關節處。

魏板橋

製作秦俑的總工程師，技藝絕倫，他對自己做出的秦俑將成為魔頭的殺人武器感到非常不安，但又無法對抗魔頭的勢力，究竟如何才能阻止這場悲劇的發生？

魏小壺

秦俑總工程師魏板橋的女兒，因魔頭暴虐地殺了她的男朋友，悲憤之餘，冒險將父親親繪的破解秦俑圖送交蔡捕頭，希望能讓眾人免於遭逢危難。

韓波

年輕的天才雕刻師，負責製作秦俑的頭部雕像，手藝精湛，但自恃甚高，在得意之作的秦俑頸部刻上自己的名字。對他來說，天縱英才究竟是福還是禍？

黑桃閣主

古劍閣的主人、宇宙鋒的擁有者,以收藏天下名劍聞名。原來宇宙鋒已被鎔鑄成西楚霸王杵,大師兄和鐵盲公只好將霸王杵帶回鐵堡,重新鑄造出宇宙鋒。

蔡捕頭

石頭城第一名捕,辦案認真、大公無私,和烏龍院交情匪淺。身陷魔頭控制的石頭城內,冒死將秦俑破解圖送往鐵堡,他是否來得及阻止魔頭的邪惡計畫呢?

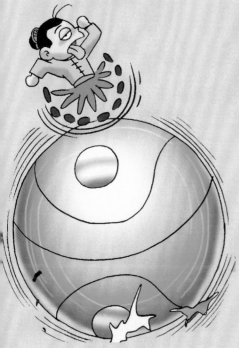

菡月

活寶天敵,後來幻化結成巨繭,隱身於地下河道等待蛻變,脫繭而出的菡月到底會是什麼模樣呢?

第 162 話

霸王之杵再鑄宇宙鋒

接踵而至的壞消息令鐵漢愁眉糾結

秦末。群雄崛起，項羽率軍攻入咸陽，奪得宇宙鋒。自傲的他以為就此得到天下，將宇宙鋒熔解重鑄成西楚霸王杵，象徵權力的顛峰。但命運起伏、盛衰波譎雲詭，最後與劉邦決戰垓下，兵敗自刎於烏江，此杵也就隨著霸王的逝去而隨波逐流了一千多年……

宇宙鋒被熔解鑄成了霸王杵。

只不過……

黑桃閣主不會免費讓我們帶走霸王杵吧！

當然不會向各位英雄要一分錢的。

閣主有夠義氣！願佛祖保佑你呀！

要錢？

很貴的吧！

德不孤‧必有鄰！

但是……

你們用完之後，要將那把新的「宇宙鋒」還給我。

啥？

偽君子！

道貌岸然的小白臉！

我們拼命對抗魔頭，你卻想撿便宜！

古劍閣的算盤也未免太精打細算啦！

我們已經沒有選擇了。

呃……

各取所需有何不可呢？

既然這樣，咱們就算是成交囉！

行！一言為定！

好重……

喂！臭小子……

你們慢慢抬回去唄！

你準備好了嗎？
我要開始囉！

來吧！

符咒實驗啟動！

BOM BOM BOM

貼上！

有什麼
感覺嗎？

沒有……

只覺得漿糊
很黏……

第七號符
咒失敗！

貓姥姥！妳家的符咒沒一張靈驗的！

⋯⋯

很好玩！我還要再貼！

妳仔細回憶一下當時掉落符坑之後的情景！

只記得天旋地轉，耳鳴暈眩，四肢被無形的力量壓迫動彈不得⋯⋯

有沒有見到符咒上寫的是什麼？

很抱歉，完全沒印象！

唉！太為難妳了。

只有再多實驗幾次吧！

為什麼要這麼麻煩呢？

如果能找出當年沙克·壹封住活寶左所使用的符咒，就能做為反制他的武器！

噢…

試試看這張！

我貼！

沒有效果！

再試試這張！

我貼！

還是沒有動靜！

另外還有一個壞消息，就是鐵金剛的修復狀況非常不理想。

有一腿「跛」了！

「跛腳金剛」？

和廢鐵差不多吧！

完全失去重兵器了！

用什麼去對抗呀！

死定了吧！

這……

我想坐車回家。

票很難買呢！

最後還有一個更壞的壞消息……

還有更糟的嗎？

一下子太多壞消息，心臟受不了！

然而我方的實力卻不見起色！

天斧、五行陣徒具其表。

唉！

唉！

活寶原力殘存百分之二十。

就連符咒也畫不出一張像樣的。

此時此刻的沙克·壹一定為得到宇宙鋒而奸笑吧！

宇宙鋒！

節節失利，一片愁雲慘霧籠罩在鐵堡各路英雄的臉上。

長眉嚴峻的臉上顯得更加的嚴峻。

怎麼辦？

怎麼辦？

大家對於未來的無力感，備感焦慮，忐忑不安。

唉……

坐困愁城！

喵！

困難重重。

前途茫茫……

報告堡主！

鐵盲公一行三人回堡啦！

只要我活著，就拚到最後一口氣！

鐵堡勇士絕不放棄！

鐵堡勇士！

絕不放棄！

拚到最後一口氣！

鐵堡哥們的魄力令我肅然起敬！

西楚霸王最終在烏江壯烈自刎，苟延殘喘的活著，不如痛快的死去！

這就是霸王杵給我的啟示吧！

第163話
陶匠肉身投火祭俑軍
在惡魔眼中私留印記只有死路一條

石頭城，
製俑大窯。

陶藝匠·韓波

決定要賭，還
是不賭呢？

你考慮好
了嗎？

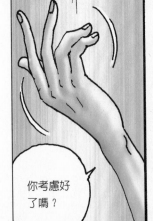

削一顆番茄的時
間，賭他雕出一
個將軍頭像！

唔……

即使他再厲害，
也絕對不可能會
贏你的！

好！我和你賭五千元！

看你這驕傲的屁小子有多快？

記住番茄皮不可以削斷哦！

什麼？

開始吧！

狂放的雙刀立體雕法在瞬間做出了頭像的剖面！

陶土在他手中，簡直就像是魔術一樣！

如果沒有真本事，怎麼能做老師未來的女婿呢？

不要臉……

魏老師！聖主來巡視大窯了！

北坑左五▽

北坑左二

他怎麼突然過來這裡？

聖主駕臨大窯，有何吩咐？

秦俑軍團製造的進度如何？

這陣子陰雨潮濕，陶胚乾的速度非常慢……

…

恐怕得延期半個月！

延半個月？

我今天是來要你提前進度的！

老天爺要下雨，我也沒辦法。

可以用鼓風機二十四小時吹，應該能加速乾燥。

別多嘴！

你比他懂？

老師年紀大了，有些事不知變通。

這座將軍頭像是誰雕的？

是我雕的！

只花了削一顆番茄的時間！

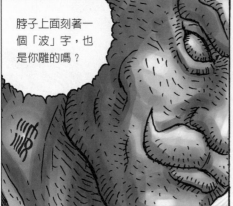

脖子上面刻著一個「波」字，也是你雕的嗎？

對呀！我是天才韓波！

我的作品都會刻「波」……

你的作品？

對呀……

這是聖主的東西，你豈不是敢在聖主的脖子上刻字？

啊……

叩！

叩！

誰呀？

請問蔡捕頭在嗎？

我是製俑總工程師魏板橋的女兒魏小壺。

妳有何事？

所有針對軍俑的弱點，父親都畫在圖上！

圖紙就藏在這把傘的骨架裡！

魔頭已下令三天之後開窯，所有工匠都被嚴加控管，強制勞動！

我把父親的軍俑破解圖偷出來，請蔡捕頭送往鐵堡！

破解圖？

父親非常懊悔自己精心做出的陶俑竟被魔頭利用……

現在才懊悔，也太遲了吧！

況且我被套上鎖喉箍，行動遭到控制。

要如何出城？

魔頭暴虐無道，竟然將我男友活生生丟入大窯烈焰……

如今唯一能和魔頭抗衡的就只有鐵堡！

求求你了！

嗚……

好！我答應妳送往鐵堡！

奮起吧！
獅頭盔甲！

今日咱就
豁出去了！

擔起這個
任務！

即使是條
不歸路。

咱也是無
畏無悔！

因為我是正
義公堂的蔡
捕頭！

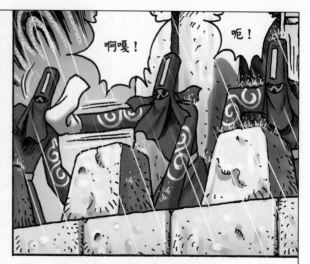

啊嘎！

呃！

殺出石頭城！

巨大的力道震得雙臂發麻！

和他硬拚絕對是打不過的。

嗯！

啡！

必須爭取時間速戰速決！

左右夾擊！
大門被封死！

只有從城樓
跳下去！

啊！
這是……

哇！

SUCK

突圍成功，撒腿狂奔吧！

鎖喉箍愈來愈緊，呼吸困難了！

這樣下去不妙呀！

蘿蔔腿！不論我死活，都必須到達鐵堡！

咳咳咳咳！

這是命令！

第164話

地底河道湧現濟世佛

提前破繭而出的菌月竟是隻大毛蟲

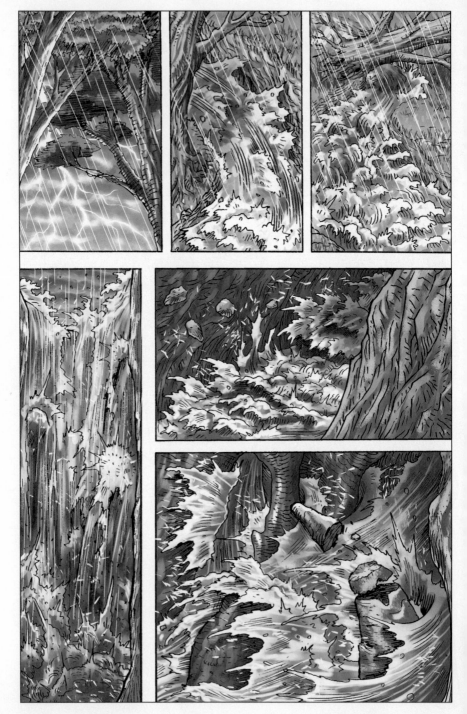

天旋地轉，
暈死我了……

哎喲！

咦？
我是在什麼
地方呀！

呀咿！
超巨大的
毛毛蟲！

嘟忽！　嘟忽！

為什麼會和牠
睡在同一個
大蛋裡？

嘟忽！

完全沒印象，
失去記憶了嗎？

唔！
好猛烈的
震動！

是地牛翻
身了嗎？

趕緊閃呀！

還愣著幹啥？
快跑！

嘟忍！

嘟忍！

肥屁股向前
移動……

笨蟲蟲，遇
到危險不要
捲起來！

啊！……這個
形狀好眼熟！
難道是……

菌月？

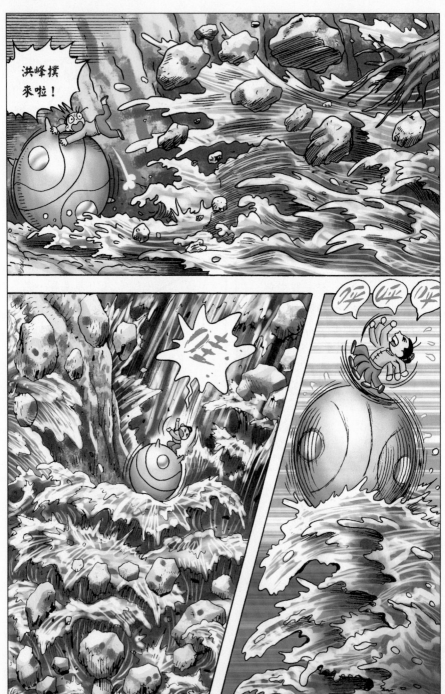

這次真的完蛋啦！

Biz

Biz Biz Biz Biz Biz

噴！

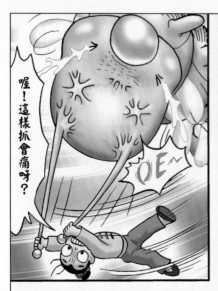

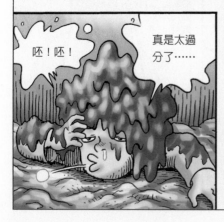

喔！超有型的！

我也要來幫忙……

好性感的工作褲！

別添亂！鑄劍是專業技術，你閃一邊去！

時間到了，開啟煉爐閘門！

開閘！

軋

軋

均速將熔漿
灌入鑄模！

穩住！

採用古製十字鍛造
法重鑄宇宙鋒！

要命的高
溫至少上
千度……

「十字鍛造
法」要多耗
費好幾倍的
工序呀！

萬一失敗，
恐怕很難再
有時間重做
……

那就不許失敗！抓
住這唯一的機會！

沒有內涵的
劍，就如同
沒有生命！

即使再
像，也
是廢鐵！

明白了。
「宇宙鋒」
必須就是
「宇宙鋒」！

一分一
毫都不
能差！

弟兄們有信心
完成任務！

千錘百鍊
重鑄宇宙鋒！

感動！感動！
情緒亢奮！

我也要助
一臂之力！

鑄劍我外行，
但是我很會
打掃！

烏龍院裡裡外外都
是我搞定的，品質
絕對有保證！

開始
幹活吧！

耶！地板光滑
如鏡，比本人
的光頭還亮！

哼!好心沒好報!

真是英雄無用武之地!

倒楣!

竟然連刷頭也折斷!

唉?

蔡捕頭?

完了！
完了！

刷子頭砸死
了蔡捕頭！

出人命啦！！
快來人哪！

他不是被砸昏，而是被脖子上的項圈勒暈的！

幸虧他鼻孔超大，讓他一息尚存！

項圈是魔頭的，為了限制他逃走！

小五，你能解開這個項圈嗎？

行！

老蔡冒死出城，一定有重要情報！

必須把他救活！

世間沒有竊者打不開的枷鎖！

唉？ 唉？ 唉？

愈弄就愈緊啦！

邪魔妖物！ 只有用正義的天爺劈開！

萬一失手，脖子就斷了……

不砍只有等著憋死！沒得選擇！

大師父英明！

我就是欣賞這種果斷！

決定派你來操刀！

您也太果斷了……

腿站穩！

手別抖！

足踩七星，腳踏八卦。

真囉嗦……

搶

力聚丹田，氣湧龍泉。

慘！砍破咽喉了嗎？

傻小子砍到我頭上啦！

別緊張。你身上有活寶，會自己痊癒的。

討厭！

頭殼太大、太重,剛才的驚嚇讓他頸椎脫臼了!

傘⋯⋯我的傘⋯⋯

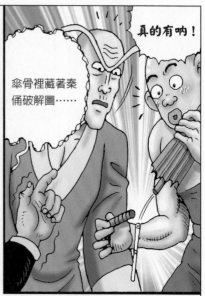

真的有吶!

傘骨裡藏著秦俑破解圖⋯⋯

哈囉!不要忘記我⋯⋯

哇噻!

這個太恐怖了吧!

情況危急!趕緊通報鐵蓮堡主!

即使知道弱點，也是一場硬仗呀！

是啊！

堡主臉上出現了憂鬱線。

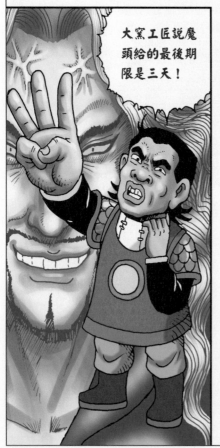

大窯工匠說魔頭給的最後期限是三天！

你說什麼？三天？

時間也太緊迫了！

你記錯了吧？

三年還差不多……

快快翻
下一頁！

天哪！
怎麼辦？

為什麼不
早說？

哎呀！

鐵蓮抬起頭
來！要面對
現實！

愈是困境要
愈堅強。

時間超緊
迫噢！

好吵！

做一個蛋
糕也得38
小時！

不要鬼吼
鬼叫！

心臟受
不了！

考慮撤退的
路線吧……

嗯！我會的！

情況再糟，
也就是這樣
了吧……

毀啦！毀啦！
重鑄宇宙鋒出現
嚴重大問題啦！

方案是有的，只不過有些困難……

唉！

盲公抬起頭來！愈困難要愈堅強！

對！快說吧！

方案就是：熔掉天爺，拯救宇宙鋒！

堡主……

暈！

天爺是烏龍院搏命得到的，怎麼可能讓你熔掉？

休想得逞！

本末倒置，太可笑了！

請容在下說句公道話。

天斧的功能迄今無法彰顯，不如把希望灌注給宇宙鋒！

我正想這麼講呢。

季三伯！

大哥說得對！萬一到時候天斧沒作用，你要負責嗎？

怎麼連你也……

怪老太婆的箴言：「欲除邪魔物，唯有宇宙鋒。」

少囉嗦！

為啥她不說：「唯有天斧」呢？對不對呀？大師父！

好唄！既然大家都認為應該犧牲天斧成全宇宙鋒……

包整說得對！咱們不應該「坐以待斃」！

包大人挺身而出，是否心中已有謀略呢？

我贊成「攻其不備，出奇致勝」！

大師父英明！

本官的戰略方案就是……

我知道！就是效法「荊軻刺秦王」！

殺

風蕭蕭兮，易水寒。壯士一去兮，不復還。

別傻了！魔頭有原力護身，砍他一千刀也不會死！

要你管？我不能發表意見嗎？

以我個人的意見，現在唯有冒險爆破秦俑大窯，才能在魔軍未成形之前，先下手為強！

不會吧！

這正是我要說出的方案哪！

咳

鐵蓮堡主！此次突擊任務請交付給我！

讓包整帶罪立功！

赴湯蹈火，達成任務！

但是你已兩次慘敗，折損官兵數十名，這種戰績⋯⋯

敗軍之將，豈可言勇？

慚愧！

慚愧！

此次突擊石頭城大窯的指揮官，由本堡主親自指派！

人選就是你們其中一位……

鐵堡肩負抗敵之重責大任，陣前必須慎選將才！

新任命的指揮官，他就是——

老天爺！怎麼會選他？

找一隻驢子都比他強！

他是個二百五！如何指揮作戰？

嗯！壓力很大呢。

烏龍大師兄——

阿亮！

堡主有眼光！雖然他數學鴨蛋……

感謝！感恩！

這孩子從小只放過牛，趕過羊……

堡主慧眼
識英雄！

請放心的把
突擊大部隊
交給本人指
揮吧！

出征之前被鳥糞淋頭！凶兆呀！

跟著倒楣的傢伙，幸福陪葬啦！

乾脆取名字叫「鳥屎三壯士」吧！

啊

啊

帶上這些鐵堡研發的新式火炮，有助你們突擊爆破！

杯式紅豆蛋糕手榴彈

☆頂上的「紅豆」係是鋼珠，爆炸時有極大殺傷力！

使用時先向右擰轉。

迅速擲向敵方。

祖母大壽桃飛盤炸彈

☆底部是自動彈射螺旋槳，能飛行一百公尺，具有遠程攻擊的能力。

使用時按下底部暗鎖。

向敵人目標施放。

嫦娥姐廣式月餅
吸嵌式強力炸藥

使用前先咬裂外殼。

將底部吸嵌在
目標物上。

要逃快一些，
免得自己也被
波及。

內餡是威力猛烈的
高爆炸藥，可以摧
毀兩尺厚的石牆。

天使之吻棒棒糖

哈！這個
我愛吃！

這是被俘虜時
自盡用的！

用舌頭舔五下就會炸
掉腦袋，壯烈成仁！

非緊急狀況
請勿使用。

為何新式炸彈都和食物有關？

因為這名研究員是個美食偏執狂！

要不要帶上一隻烤鴨？

呱

阿亮，你過來！

鐵蓮堡主。

代表鐵堡獻上祝福！

願你馬到成功！

啵

我一定在這個唇印未乾之前達成使命！

感動

不會辜負堡主期望！

包整，
你過來。

旭公主呼喚我名！

莫非她也要親吻我……

在本公主口紅乾掉之前，沒把事辦妥，你就別再回來了！

呼

急凍

距離魔頭開窯期限只剩二十八小時，分秒必爭哪！

鐵堡突擊隊，前進！

別哭了，他們走遠啦！

堡主此次選我愛徒當指揮官，是看中他的大智若愚嗎？

星座月刊說屬獅子座的大師兄本週運氣亨通……

妳那本是上個月的，過期啦！

喔！不準了呢！

我的徒兒呀……

菌月，拜託你吃點東西，行不行？

喜歡絲瓜嗎？

地瓜很營養哦！

嘿！

來顆大南瓜吧！

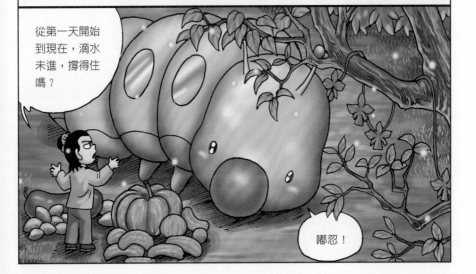

從第一天開始到現在，滴水未進，撐得住嗎？

嘟忽！

還是你想……
吃些肉類呢？

兔子肉粉嫩哦！

山豬肉……
噢！！

算了，懶得管你！

或許你真的只喜歡吃人參吧！

嘟忽！

嘟忽！

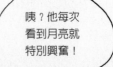

咦？他每次看到月亮就特別興奮！

嘟忽！ 嘟忽！

難道是吸月光就能吃飽了？

喂！喂！喂！要飛去那裡？

嘟忽！ 嘟忽！

噗！

噗！

噗！

噗！

菌月，你真是一條奇怪的大蟲！

噗！ 噗！

噗！

嘟忽！

也許是你的光頭太亮了！

對呀！比月亮還刺眼！

用強力機弩把牠射下來！

啊……

不用你雞婆！

我自己來射！

想和本人搶功勞嗎？

哼！

哼！

第 166 話

天譴咒叛徒不得好死

老陶匠悲歌唱得哀怨無力挽回危機

不要再耽擱時間了，火速前往石頭城！

剩下不到五小時，必須盡快進行爆破任務！

喂！喂！二位要搞清楚，本人才是下命令的指揮官！

一、二、三！上馬！

出發！

呀吶！全溜光光！

等等我……

我沒有摔死嗎？
地上怎麼軟綿綿
的？

啊！
這是……

茵月的肥肚子
救了我一命！
可是他……

菌月！
醒醒呀！

你還活著嗎？

啊！這是他
的觸角！伸
長了……

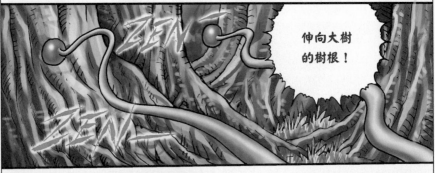

伸向大樹
的樹根！

好刺耳的
聲音呀！

天哪！他在
「吸食」樹根？

咦？哎呀！

嘟忽！

天哪！吸食之後，體積竟然暴肥一倍！

平常什麼都不吃！原來你只愛吸植物的生命！

本來可愛的菌月，為什麼感覺愈來愈……可怕了！

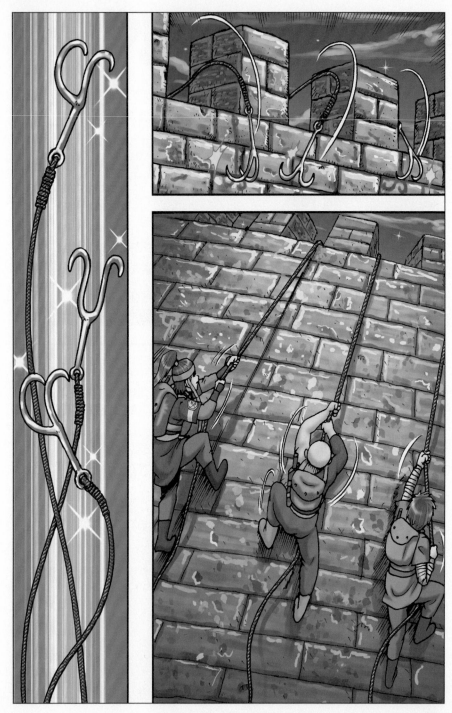

大窯在什麼地方？

讓我想想……

有哨兵！

嗚～

閃了？

我怎辦？

咦？

？

閃！

光……光頭！

你對本人
的髮型有
意見嗎？

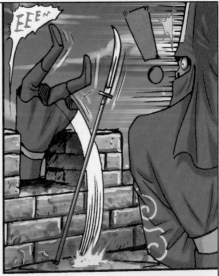

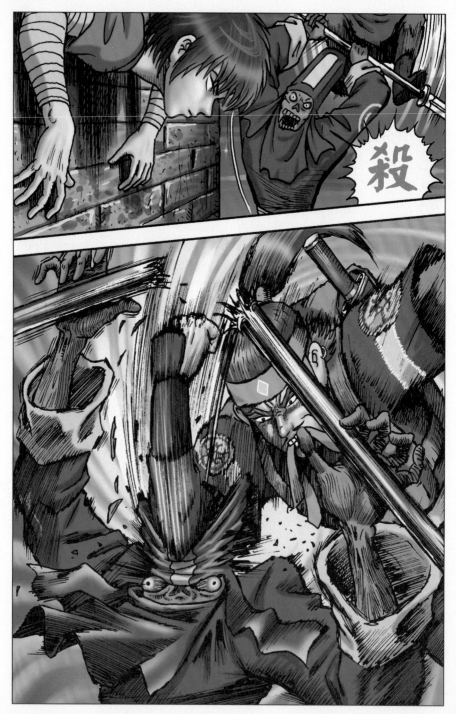

呼！

爹！

妳有打聽到蔡捕頭的消息嗎？

到處去問過。

他出城之後，就下落不明……

他一定是被守城魔軍逮住處死了！

自身難保的矮冬瓜，還妄想來救我們！

我看咱們務實一點，按時把貨交出去，拿錢走人！

不行，韓波被殺，我們不能善罷甘休！

他活該！誰叫他在秦俑上刻字！

愛出風頭的下場唄！

你們太無情了，竟然說這種話……

咱們是來打工賺錢，又不是來賣命！

難道要為他一個人，全部去送死？

說夠了沒？你們這兩個娘娘腔！

你們還不明白？我們雙手做出的陶俑就是魔頭用來殺人的兵器！難道要助紂為虐嗎？

所以我決定要「破釜沉舟」，鑿開管道把水引入大窯！

窯內高溫會引發氣爆的！

燒製中的陶俑全部完蛋啦！

我們會不會一起陪葬呀？

我怕怕！

救…命！

停！

我聽到有人喊救命！

天哪！

小光頭真是
愛管閒事！

本人是
指揮官！

通通不
許動！

這些天降
煞星是誰
呀？

啊！

真是孬種！
還沒碰你，
就暈倒了！

老陶匠被抓去見魔頭了!

他們出賣了我爹……

求求各位!一定要救我爹!

我們的任務是爆破大窯,不是來救人的。

拜託別說得這麼殘酷!

她已經夠傷心了!

嗚~

我遭遇過魔頭的狠毒,你爹八成……

活不了……

包整!太過分啦!

哇!

趁機溜走……

就不能說些好聽的嗎?

你太沒有人情味啦!

不得了啦！
快來人呀！

糟！你沒有
搞定他嗎？

剛才他竟
然裝死！

追回來！

不能讓他
跑了！

看刀！

哎喲喂！

避呆！中了
刀屁股！

和這兩個外行人辦事，真是夠折騰！

婆婆媽媽的能幹什麼？

—啊—

哇！

小姑娘別害怕！

殺這種爛人就像畜牲一樣。

我是害怕已經追蹤而至的鬼僕！

這下子麻煩大了！

鏘鏘

小五，我們分散作戰！

個別殲滅他們！

來吧！

咦？

怎麼都來追我了？

不理我？什麼意思呀？

難道我沒比他帥嗎？

要比舞刀？我奉陪！

黑呀呀牙!! 吓~呸~! 哇呀呀

OH！

落跑了！

攔阻他！
不能回去
通報！

給我站住！

EEEK...

你白痴嗎？
用刀擋我的箭！

你才是瞎！
用箭射我的刀！

吵什麼？
跑掉了啦！

你負責去爆破大窯，
我們去追人！

我對這裡很熟悉，可以帶路。

嗯！

爭取時間，
分頭進行！

死鬼呢？
跑哪裡去了？

讓開！

喂！
要幹什
麼？

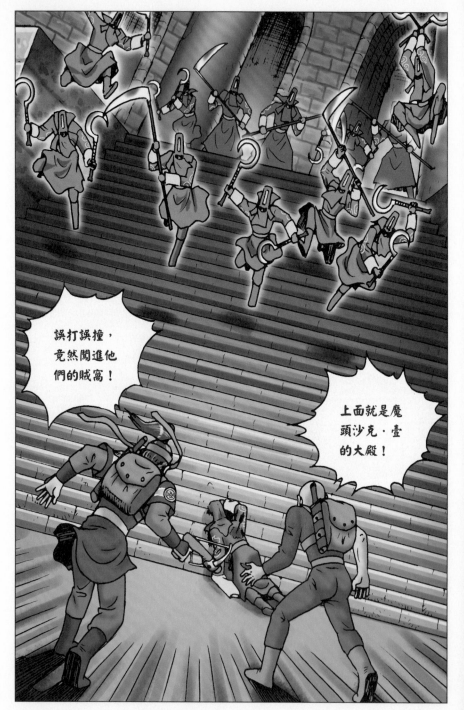

上吧！

怕死的士兵
永遠當不了
將軍。

我喜歡這句
豪邁的話！

爽快！

行！

就讓咱倆闖
進去踹扁魔
頭的屁股！

衝鋒！

五馬分屍，車裂！

送上斷頭台，斬首！

多可悲呀！
這兩個是你教出來的徒弟？

為什麼比我更想置你於死地呢？

你要殺就快點！

不要羞辱我……

有骨氣！

來！賜他一把匕首！

拿著吧！聖主賞你的！

呀一喝！

喂?雙手不聽使喚……

我有說這把匕首是給你自殺用的嗎?

你得先替我清理一下你帶來的垃圾!

我可不要接收這幾個髒東西!

出賣自己師父
的人，難保有
一天也會出賣
我！

徒…弟…

魔頭！我跟
你拚命！

人是你殺的，
怎麼可以怪我呢？

匕首燒起
來了……

你準備破壞我的大窯!想要造反嗎?

外面發生什麼事?這麼騷動!

WAAA! BOMBA!

有兩名刺客硬闖聖宮!

已經打到前殿啦!

三百名衛士攔不住區區兩個人嗎?

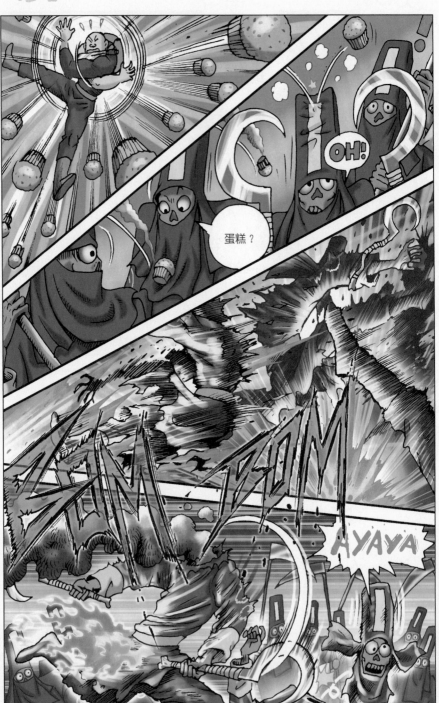

猴急什麼？
搶著吃壽桃嗎？

叮！

給！

喔噢！鐵堡做的爆彈威力超猛！

殺不完的鬼卒，像螞蟻一樣多！

殺！

殺！

來一個，炸一個！

有種的就通通一起上吧！

來兩個，炸一雙！

糟了！

彈藥用光啦！

老包！緊急先借幾個！

我也扔得沒剩半顆……

救不了你啦！

自己想辦法……

唉

突圍吧！

老包！
我在這裡！

衝過來！

衝過來！

喂！喂！
別轉彎呀！

你怎麼自己
送上門來找
死呢？

魔頭！

（未完待續……）

　　「菌月」原本是隻其貌不揚的尖嘴小蟲，經過在地底河道吸收天地之氣，蛻變脫繭而出，變成超級可愛的「圓滾毛毛蟲」！當三對小翅翼噗噗一起鼓動起來，還具有飛行能力哦！

　　其實在原始設計草圖裡，「二代菌月」預備了兩個方案。一個是面目很酷、長得像是侏羅紀裡的翼手龍；另一個方案是菌月變成擁有豪華紋案的大飛蛾，而「大飛蛾」在已經快上正稿時才被緊急撤下來，換上了這隻可愛型的「毛毛蟲菌月」。最主要是希望讓讀者對牠有好感，而且這種面貌和善的菌月，將來和沙克‧壹決戰時，若被打得慘兮兮，更能博得同情票！這就像平時溫吞的漫畫家遇到色狼欺負女生的時候挺身而出，突然變成六塊肌的猛男，身手俐落的一記迴旋踢，把壞蛋踹到外太空……

　　啊！當然只有漫畫裡才會發生這樣的事吧！

一張白紙置放在面前，要把腦海裡想像的畫面一一呈現出來，漫畫好玩的地方就在於可以按照自己的意思去切割分鏡。寬的、窄的、橫的、豎的、要斜、要圓、要扁，皆能隨心所欲。重點是視覺要能通暢，更重要的是必須得讓讀者看得懂才行，因此看似簡單的處理，卻得花些創意及巧思在其中。

這張草稿大約用了半小時時間來構圖，因為想表現出「當蔡捕頭說出『只剩三十六小時魔頭就要開啟秦俑大窯！』時，在場的眾好漢全部為之錯愕的樣貌」。

這種多人同時反應的畫面，當然可以用一個鏡頭叫大家通通站在框裡擺好姿勢，但我認為太浪費演員的表情了，因此決定讓每位角色都有機會「搶鏡頭」！所以就使用這種「光束模式」來表現。雖然畫起來頗費周章，但我覺得這是追求藝術的一種良好態度吧！

小記者 專訪敖老師

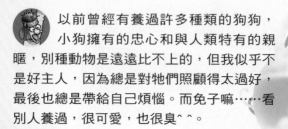

李艾珊（苗栗縣）：請問敖老師家裡有沒有養小動物？如：魚、狗、兔子等？

以前曾經有養過許多種類的狗狗，小狗擁有的忠心和與人類特有的親暱，別種動物是遠遠比不上的，但我似乎不是好主人，因為總是對牠們照顧得太過好，最後也總是帶給自己煩惱。而兔子嘛……看別人養過，很可愛，也很臭^^。

廖苡涵（臺中市）：請問《活寶19》馬臉的大改造是否有先進行全身麻醉？

愛漂亮是女人的天性，即使沒有麻醉，馬臉寧可忍受割皮去骨之痛，還是願意去做全身整型的。

江楷翔（臺中市）：請問老師在畫活寶時，是整篇故事想完才開始畫的，還是先有個大綱而細節是邊畫邊想的？

一個故事必須要先有個完整的大綱才能動筆，就如大將軍必須要完整的策略才能出兵。而出兵以後呢？只有臨敵視情勢而動，下達最正確的指令，帶領將士衝鋒陷陣。畫《活寶》這樣將近五千頁的大長篇漫畫，過程也像是過關斬將，但原先想的和最後畫好的總是大大不一樣呀……哈哈！計畫永遠趕不上變化！

張卓穎（臺北市）：敖老師，您的孩子也希望她將來成為漫畫家嗎？

她喜歡畫畫，也喜歡做手工藝，目前正迷著做蛋糕和餅乾，手藝還真不錯。未來，只有她自己能夠決定，倒不是我希不希望的問題了。不過倒是真心的希望她及早規劃好未來，勇往直前的實踐夢想，也以此勉勵喜歡看我的作品的小讀者們。

小記者專訪敖老師

蔡馨游（臺北市）：敖老師：我想請問一下，蔡捕頭的馬為何跟其他人的不太一樣呢？是特別添購的嗎？

蔡捕頭的體型矮小，騎不上高大的駿馬，所以就給自己買了一匹小型馬。這匹名叫「蘿蔔腿」的短腿馬，小歸小，還挺有人氣的呢！

曾上哲（臺南縣）：親愛的敖老師：請問您在創作漫畫時，是如何克服心理上的煩躁或困擾呢？每當您的新書出爐時，心情如何？當遇到畫不好或退稿和批評時，您是如何讓自己打起信心的？

每當我煩躁的時候總是喜歡走路，有時是在室內來回踱步，有時候去外面一直走馬路，很奇怪的習慣吧！但是對我非常有效！然後煩躁的心就漸漸定了下來。

黃瑞彬（桃園縣）：1.敖幼祥老師是先洗頭還是先洗身體？^o^

2.敖幼祥老師是怎麼塑造煉丹師這樣一個龐大組織？

1.先洗頭再洗身體，若沒有洗頭，就先洗洗身體，頭留著下次洗。懶惰的時候就通通不洗了！

2.自古以來，煉丹師這個行業都是很神祕的，一開始是這樣被吸引的，秦王為求長生不死而尋藥，這樣的一個千古謎團勾起了我的胡思亂想～於是《活寶》這本書就誕生了。

李碧蓮（屏東縣）：請問敖老師有沒有座右銘呢？在心情不好的時候都是哪一句話給您安慰和勉勵？

我的座右銘是「畫一張是一張」。在我心情不好時，只有埋頭畫圖，直到圖畫完成了，我的心情也就舒緩了。

小記者專訪敖老師

蔡桓宇（高雄市）：1.請問您是練武的人嗎？2.您創作時的心情是不是很興奮？

1.我學習過許多武術，但是練武的恆心一直沒有學到（反省中）。2.每當想到一個故事時，會很興奮、很賣力開始畫，一直畫到想不出怎麼畫時會很痛苦，想破頭突破瓶頸時很快樂，然後就一直這樣反覆持續到創作完成，但是等到完成之後，這樣奇妙又矛盾的興奮卻也消失了。

黃政憲（新北市）：我覺得活寶很好看，希望20集快點出來，在16集裡面，蔡捕頭去喝活寶人參茶吸到長白玉人參根鬚，獲得了一個活寶公仔，那個公仔好可愛，我也想要。像大師兄和小師弟都喝了十二瓶左右，我家裡有活寶16、17、18、19集，希望1～15集我都有，活寶20集什麼時候出？我想要趕快看20集！

當你看到這篇回答時，《活寶》20集已經出版了（笑）。我也想得到一個活寶公仔，甚至想自己買紙黏土來做一個呢！

（因篇幅有限，沒採訪到的小記者先別失望，最終回後篇中，敖幼祥老師還會繼續回答問題的。）

未來之星 優秀小記者
精美禮物 感謝大放送！

為了感謝讀者朋友對小記者採訪活動的支持與熱烈參與，由敖幼祥老師親自回答20位小記者的採訪問題，凡是問題入選的小記者，均可獲得限量版的「烏龍院活寶書包」乙個（紅款、白款隨機出貨）。

「最終回前篇」入選的十位小記者名單如下：

李艾珊（苗栗縣）
江楷翔（臺中市）
蔡馨漪（臺北市）
黃瑞彬（桃園縣）
蔡桓宇（高雄市）

廖苡涵（臺中市）
張卓穎（臺北市）
曾上哲（臺南縣）
李碧蓮（屏東縣）
黃政憲（新北市）

恭喜

以上10位優秀的小記者！
「烏龍院活寶書包」將於近期寄送給你們，敬請期待。

親愛的小記者們，如果您的名字不在上列名單中，先別急著大失所望。「最終回後篇」裡，敖老師還會再選出10位小記者回答採訪問題，入選的小記者同樣可以獲得「烏龍院活寶書包」乙個喔！

時報漫畫叢書 FT0856

活寶22 最終回前篇

作　者──敖幼祥
主　編──陳信宏
責任編輯──邱憶伶
責任企畫──王紀友
美術設計──溫國群lucius.lucius@msa.hinet.net
董事長──趙政岷
總經理──
總編輯──余宜芳
出版者──時報文化出版企業股份有限公司
台北市10803和平西路三段二四○號三樓
發行專線──(○二)二三○六──六八四二
讀者服務專線──(○二)二三○四──七一○三
(○二)二三○四──七一○三
（如果您對本書品質有任何不滿意的地方，請打這支電話）
讀者服務傳真──(○二)二三○四──六八五八
郵撥──一九三四四七二四時報文化出版公司
信箱──台北郵政七九～九九信箱
時報悅讀網──http://www.readingtimes.com.tw
電子郵件信箱──newlife@readingtimes.com.tw
法律顧問──理律法律事務所陳長文律師、李念祖律師
第二編輯部臉書──時報(正)之二──http://www.facebook.com/readingtimes.2
印　刷──華展印刷有限公司
初版一刷──二○一二年三月十六日
初版二刷──二○一六年七月二十九日
定　價──新台幣二八○元

ISBN 978-957-13-5529-0
Printed in Taiwan

烏龍院精彩大長篇

活寶

最終回感恩回饋 精美禮物 免費大放送！

為感謝親愛的讀者朋友對烏龍院系列作品的支持，時報出版特別舉辦回函贈獎活動。凡收集《活寶19》、《活寶20》、《活寶21》、《活寶22》四冊截角，填妥回函的讀者基本資料，並附上已貼妥五元郵票的回郵信封（信封請記得寫上自己的姓名和地址），寄到「台北郵政79~99號信箱 時報出版公司 活寶活動 收」，即可獲得獨家限量的「悠遊卡卡片票貼」喔！

別想
我的截

注意事項：
1.贈品限量五百份，依來函順序兌換，換完為止，不另行通知。
2.未附回郵信封者，恕無法寄送贈品。
3.收件資料若填寫不完全，導致贈品無法寄達，時報出版恕不負責。
4.實際活動時間及贈品內容以時報悅讀網www.readingtimes.com.tw公告為主。時報出版擁有更改或中止活動之權利

讀者
基本資料

姓名：　　　　　　　　　　　　　口先生　口小妹

出生年月日：　　　　年　　　　月　　　　日

電話／手機：（　　　）

地址：□□□□□　　　　　縣／市　　　　鄉／鎮／區／

　　　路／街　　段　　巷　　弄　　號　　樓

E-mail信箱：

活寶22 贈品截角 影印無效